AF231831

PROLOGUE

D'ARLEQUIN CENDRILLON;

Par M. OURRY;

Representé, pour la première fois, à Paris, sur le Théâtre de la Salle des Jeux Gymniques, Porte Saint-Martin, le Dimanche 6 Janvier 1811.

PARIS,

Chez Barba, Libraire, Palais-Royal, derrière le Théâtre Français, N°. 51.

1811.

PERSONNAGES.   ACTEURS.

VIOLENTI, père d'Arlequin et
   des deux Gilio.   MM. *Thierry.*
ARLEQUIN.   *Foignet.*
GILIO aîné.   *Klein.*
GILIO cadet.   *Révol.*
Le GENIE, sous la forme du Chien Azor.
Ecuyers.

Le Théâtre représente une cuisine. La broche tourne devant le feu. Un gros chien dans une roue, la fait tourner. Arlequin, au coin du feu, arrose le rôti.

PROLOGUE

D'ARLEQUIN CENDRILLON.

SCENE PREMIERE.

ARLEQUIN, *seul, au coin du feu.*

Air : *Il était uu p'tit homme.*

Il était un' p'tit' fille
Dont n' parlaient d'puis long-tems
    Qu' les enfans ;
Comme elle était gentille,
V'là qu'un monsieur adroit
    Qui la voit,
  Se dit à part soi :
    « La p'tite a de quoi
» Aller plus loin , ma foi !
» Faut l'enmener (*ter*) chez moi. »

Il fait prendre à la p'tite
Jolis habits divers
    Et des airs ;
Et l'on accourt bien vîte
Admirer ses attraits
    Par billets ;
  Mais faut pour la voir
  D' bonne heur s'en pourvoir ;
A moins d'êt' diligent,
On a l' chagrin (*ter*) de garder son argent.

D'après la régl' commun,
Chacun fonde son bien
    Sur le sien ;
Sitôt qu'on fait fortune,
On a mille parens
    Différens ;
  C't enfant plein d'appas
  Trouve à chaque pas
Des sœurs et des papas ;
Il en vient tant (*ter*) qu'ça n'en finira pas.

(*Il regarde le rôti.*) Je crois pourtant que ça s'avance.
Pauvre Arlequin, tu chantes ; c'est pour te délasser de

pleurer. Est-il un sort plus dur ? (*Il enfonce une four-*
chette dans le rôti.) Le rôti sera tendre. — Le signor Violenti , mon père , l'un des nobles les plus nobles de la
noblesse de Bergame , aime tant ses mauvais sujets de fils
aînés, qu'il ne peut souffrir le cadet. Ils m'ont appelé
Cendrillon , parce que v'là le métier qu'ils me font faire
sans relâche. Ils poussent la barbarie jusqu'à me faire rôtir
toute la journée ; c'est moi qui suis le cuisinier de la maison;
et comme les cordonniers sont toujours les plus mal chaussés,
c'est moi qui dîne le moins.

Air : vaudeville de M. Guillaume.

> Rien n'esttrop bon pour l'un et l'autre frère.
> Tout est trop bon pour Arlequin ;
> Ils mangent le bien de mon père :
> A peine j'en mange le pain.
> A les rôtir quand j'ai mis mon adresse,
> Dévorant la chair des gigots ,
> Dans la maison on me laisse
> Que la peau sur les os.

Vraiment je devrais dépérir à faire pitié, et cependant je
ne maigris pas trop encore. Faut que la providence ait pitié de moi ; peut-être que je mange en songe, sans que je
m'en souvienne. — Mon pauvre Azor. (*Il regarde son chien.*)
Comme il me regarde ! C'est la seule personne qui m'aime
dans la maison. Il est vrai qu'il me doit bien çà. Comme il
était fait quand je le trouvai dans la rue ; tous les petits Ber-
gamasques couraient après lui ; ils lui jetaient des pierres
dans les jambes, et il ne faisait pas seulement hou... hou...
Çà me fendit le cœur ; je pris l'animal sous la protection
de ma batte ; je l'arrachai des mains de ses ennemis, et
l'amenai ici. — Tu n'étais pas beau, mon cher Azor; tu
étais crotté... comme un barbet ! Je fus indécis un moment
si je te garderais; je me dis : il va salir la salle, M. Violenti et ses chers fils me feront un train de chien.

Air : du partage de la richesse.

> Déjà , quoique l'âme attendrie ,
> A la porte je te menais ,
> Quand j'entends une horrible pluie
> En tombant battre nos volets.
> « Ah ! me dis-je, qu'allais-je faire,
> » Cédons bien vite à mes remords ;
> » Il fait un tems, la chose est claire ,
> » A ne pas mettre un chien dehors. »

Allons, poursuivis-je, un carlin aurait mieux été le fai

(5)

d'Arlequin, mais n'importe, Azor sera mon compagnon de
misère, et je te gardai. Mon père et mon frère ne t'é-
pargnent pas les coups de pieds, mais voilà tout ce qu'ils
te donnent. Je suis obligé de prendre sur mon pain de quoi
te nourrir, seulement je te donne la croûte, parce que tu
as de meilleures dents que moi. Il est vrai que je te fais tra-
vailler ; mais il le faut bien ; on n'aurait pas souffert que tu
restasses ici les bras croisés ; et pour te ménager au moins
le plaisir de m'être utile, j'ai fait de toi un tournebroche.
C'est moi qui t'ai construit cette grande roue, où tu es comme
dans ta chambre. — Mais voyez donc comme il m'écoute ! ne
dirait-on pas qu'il m'entend et qu'il va me répondre ? En
vérité, il y a des bêtes qui ont un esprit !... Si je croyais à la
méta... métem... Comment donc appellent-ils çà ?... Ah ! à la
métampsychose, je me figurerais que ce chien-là a été quel-
que savant ; et, ma foi...

Air : Tout çà passe.

> Pourquoi ne croirais-je pas
> Ce systême qu'on rejette !
> Il se pourrait qu'ici bas
> Tout ne fut qu'une navette :
> Le cheval que l'on maltraite
> Devient cocher à son tour ;
> Le poëte devient bête ;
> Tout çà change (*ter*) en un seul jour.

> Colombe au plumage blanc
> Fut une femme jolie ;
> Fauvette au gosier touchnat
> Une chanteuse applaudie ;
> Les noirs supptôs de chicane
> Dans des corbeaux dévorans ;
> Un grand docteur dans uu âne ,
> Tout çà passe (*ter*) en même tems.

Oui, je maintiens qu'en voyant des bêtes... Mais j'apper-
çois mes frères. Taisons-nous.

Violenti et ses deux fils entrent et gourmandent Arlequin.
Le père demande sa perruque : l'autre son habit : le troi-
sième ses souliers. Arlequin ne sait auquel entendre. Il
reçoit un coup d'un côté, une bourade de l'autre. Lors-
qu'ils sont habillés, un domestique vient annoncer que le
dîner est prêt. Tous passent dans la salle à manger, ex-
cepté Arlequin qui dresse les plats.

SCENE II.

ARLEQUIN et son CHIEN.

Ah ! ab ! voilà une carte qu'ils ont laissé tomber. C'est
une carte d'invitation. (*il lit*) « La princesse de Bergame
» invite le signor Violenti et ses deux fils, célèbres musi-
» ciens. » Ses deux fils... On ne parle pas du pauvre Arlequin Cendrillon... « et ses deux fils, célèbres musiciens ; à
» la fête qu'elle donne ce soir, et dans laquelle le cheva-
» lier qui remportera le prix, obtiendra sa main. » Sango-
démi, le joli prix ! Je me contenterais d'un accessit. (*Il
lit.* « Il y aura assaut de danse, de chant, et grend tour
» nois. » Allons, allons, ne pensons plus à ça, je ne pour-
rais plus dîner. Azor, Azor, à table. (*Arlequin ouvre la roue,
fait sortir Azor et le fait assèoir sur une chaise près de lui.
Pendant ce tems un gros chat du voisinage entre, saute sur
le buffet, et emporte une volaille.*) Par exemple, tu feras
comme moi, tu te passeras de serviette et d'assiette aussi. Un
morceau sur le pouce, sans façon. (*Il a coupé un morceau qu'il lui donne.*)

Air : la Parole.

Ce pauvre Azor à mon accueil
Et sensible, je le devine ;
Je puis bien dîner sans orgueil
Avec mon aide de cuisine.
Reconnaissant pour mes bienfaits,
Ce regard lui sert d'interprète !
Peut-on blâmer ce que je fais !
Qui de vous, messieurs, n'a jamais
Diné vis-à-vis (*bis*) d'une bête ?   (*bis.*)

(Azor se lève et sort.)

Eh bien ! eh bien ! est-ce qu'il m'aurait entendu ?... Azor...
Azor... Ah ! il va faire sa visite dans la cuisine voisine où
l'on a des bontés pour lui, malgré la jalousie d'un certain
Rominagrobis qui est méchant et voleur comme un renard.
— Ouf !... malgré moi, j'en reviens à la fête de la princesse ;
si elle me connaissait, elle m'inviterait ; je ne saute pas mal,
je chante assez bien, et je me bats comme un diable !...
D'ailleurs, je suis d'une famille où l'on fait des fortunes si
rapides.

'Air : *Suzon sortait de son village.*

Oui, mes quatre sœurs, dans le monde,
Ont su le prouver tout au mieux.
La première à fait, à la ronde,
Accourir tous les curieux.
    L'autre , au faubourg
    Tenant sa cour,
A ramené la ville en ce séjour ;
Quoiqu'à l'école une autre soit,
Elle ira loin , chacun s'en apperçoit.
De la dernière , je m'en flatte,
Déjà le sort est éclairci ;
Elle n'a guère réussi...
Non , vraiment , *c'est la Chatte.*

Mais quel bruit j'entends ? qu'est-il donc arrivé ?

SCENE III.

(*Un domestique vient pour chercher une volaille , et ne la trouvant plus , il querelle Arlequin. Violenti et ses fils attirés par la dispute , arrivent et s'nfiorment quel en est le sujet. Azor entre rapportant la volaille à moitié dévorée ; il est aussitôt accusé et convaincu ; Violenti , dans son caractère impétueux , le condamne d'être jeté à l'eau. Arlequin s'y oppose. Déjà les domestiques apportant un sac et une pierre , s'emparent d'Azor : Azor est perdu. Tout-à-coup on entend une fanfare dans la rue. Violenti et ses fils passent dans la pièce voisine pour entendre la proclamation. Les domestiques restent seuls , et mettent Azor dans le sac ; Arlequin se désole et déplore le sort de son compagnon fidèle.*)

SCENE IV.

ARLEQUIN et son CHIEN.

ARLEQUIN, *pleurant.*

Hi... hi... hi... les méchans cœurs que voilà ! ils veulent me priver de mon unique ami... hi... hi... hi... On l'accuse d'avoir mangé la volaille , lui qui l'a, je le vois, arrachée des griffes de Rominagrobis au péril de ses yeux. Cruels, vous voulez le jeter à l'eau avec une pierre au cou ! il n'y a qu'à m'y envoyer avec lui, ça fera d'une pierre deux coups.

Air : *Tu ne sais pas , jeune imprudent.*

> Ah ! je sens défaillir ma voix
> En songeant à cette sentence !
> Mon pauvre Azor est aux abois ,
> Et l'on va noyer l'innocence !
> C'est envain que je me suis mis
> A leurs genoux pour le défendre ;
> Et ses barbares ennemis
> Condamnent mon chien sans l'entendre.

(*Des feux sortent de dessous terre ; les domestiques se sauvent ; un nuage s'élève, et le chien est changé en génie*).

LE GÉNIE.

Arrête !

ARLEQUIN.

Ah ! mon Dieu , mon chien qui est devenu un beau petit monsieur.

LE GÉNIE.

Rassure-toi, Arlequin ; tu vois en moi le Génie Fanfino Un enchanteur puissant m'avait contraint à prendre cette forme, jusqu'à ce qu'un mortel compâtissant me sauvât la vie.

ARLEQUIN.

Est-il possible ! ah ! monsieur le Génie Fanfino, que j'ai de pardons à vous demander.

Air : *vaudeville de Voltaire chez Ninon.*

> Vous avez droit, je le sens bien
> De m'adresser plus d'un reproche :
> Je vous ai nourri comme un chien ,
> Je vous ai fait tourner la broche;
> Daignez à ma témérité
> Pardonner, je vous en supplie;
> Qui, diable, se serait douté
> Qu'une bête était un génie.   (*bis.*)

LE GÉNIE.

Te pardonner ! apprends ce que ma reconnaissance veut faire pour toi : Tu sais que la main de la Princesse appartient à celui qui sortira vainqueur du tournois et de l'assaut de chant. Dans ce dernier genre de combat, tu as déjà de grands avantages ; je veux que tu l'emportes aussi dans le premier.

ARLEQUIN.

Faire de moi un bon écuyer, ça sera-là un fier miracle, par exemple.

LE GÉNIE, *lui donnant un anneau.*

Prend cet anneau, qui te rendra invisible.

ARLEQUIN, *l'examinant.*

Un collier de chien !

LE GÉNIE.

Tu m'en attachas un très-beau lors que tu me donnas asyle chez toi : je t'en remets un qui est magique ; tu vois qu'un bienfait n'est jamais perdu.

ARLEQUIN.

Mais comment voulez-vous qu'avec ce costume de cuisine ?..

LE GÉNIE.

Je t'arme chevalier. (*Il le touche de sa baguette ; son costume de marmiton se change en celui d'un chevalier.*)

ARLEQUIN.

Quelle métamorphose !... Mais des armes ?

LE GÉNIE, *faisant un tour de baguette.*

Les voici.

ARLEQUIN.

Il a réponse à tout... Ce que c'est que d'être un génie ! Je suis sûr que s'il voulait, il me ferait un cheval... Avec quoi... ma foi, avec ce buffet.

LE GÉNIE, *étendant sa baguette.*

C'est fait. (*Le buffet se change en un beau cheval.*)

ARLEQUIN.

Que vois-je ? notre cuisine changée en place d'armes ! Par exemple, si, avec cet attirail, mon père et mes frères me reconnaissent.

LE GÉNIE.

Arlequin, un triomphe complet t'est réservé ; mais retiens bien cet avis important : Quelques honneurs qui te soient rendus, n'oublie pas de quitter la fête à minuit... à minuit sonnant.... entends-tu bien ; ou tu t'exposerais aux plus grands malheurs.

ARLEQUIN.

Je n'y manquerai pas.

VAUDEVILLE.

Air : *Pour bien employer ses loisirs.*

ARLEQUIN.

Du nom fameux de Cendrillon,
Je saurai soutenir la gloire,
Puisqu'un géni e, avec raison,
Me fera gagner la victoire ;
  C'est l'usage à présent
  De maint œuvre marquant,
  L'appui, c'est la féerie ;
Mais plus d'un auteur du moment
  N'a qu'un petit génie.   (ter).

Au Public.

Dois je espérer dans le tournois,
De mériter la préférence ?
Il m'est encor plus doux, je crois,
De mériter votre indulgence.
  Laissez-moi cet espoir :
  Ah ! puissai-je vous voir
  Contenter mon envie,
Et dans le parterre, ce soir,
  Trouver mon bon génie !   (ter)

(*Arlequin monte à cheval, et part, suivi de ses écuyers.
Le Génie disparaît sous la terre.*)

FIN.

www.ingramcontent.com/pod-product-compliance
Lightning Source LLC
LaVergne TN
LVHW010254030726
842520LV00007B/2932